作者简介

奥利维埃·塔莱克1970年出生于法国布列塔尼，就读于巴黎高等艺术学院平面设计专业，毕业后从事平面广告设计，之后投身插画事业。他为众多报纸、杂志绘制插画，并创作了50余部童书作品。他痴迷于各种形式的流行文化，也是一个狂热的旅行家。

图书在版编目（CIP）数据

绵羊国王路易一世 /（法）塔莱克著；匙河译. —
西安：未来出版社，2016.2(2024.8重印)
ISBN 978-7-5417-5935-2

Ⅰ. ①绵… Ⅱ. ①塔… ②匙… Ⅲ. ①儿童文学—图
画故事—法国—现代 Ⅳ. ①I565.85

中国版本图书馆CIP数据核字(2015)第321190号
著作权合同登记号：陕版出图字25-2015-519

Louis 1ᵉʳ le roi des moutons
by Oliver Tallec, 2014

绵羊国王路易一世 Mianyang Guowang Luyiyishi
[法]奥利维埃·塔莱克 著 匙河 译

图书策划 孙肇志	**编辑顾问** 袁秋乡	
责任编辑 高 梅 杨 璐	**特约编辑** 惠 旋	
美术编辑 智 萱 李困困		

出版发行 未来出版社
开本 889 mm×1 194 mm 1/10 **印张** 4
印刷 鹤山雅图仕印刷有限公司
版次 2016年4月第1版
印次 2024年8月第6次印刷
书号 ISBN 978-7-5417-5935-2
定价 49.80元

出品策划 荣信教育文化产业发展股份有限公司
网址 www.lelequ.com
电话 400-848-8788
乐乐趣品牌归荣信教育文化产业发展股份有限公司独家拥有

绵羊国王
路易一世

[法]奥利维埃·塔莱克 著　匙河 译

路易一世

乐乐趣

陕西新华出版

未来出版社
·西安·

在一个狂风大作的日子里，

绵羊路易变成了绵羊国王路易一世。

国王需要权杖来象征王权，
路易一世心想。

还需要宝座来主持正义，

正义非常重要……

豪华大床必不可少，
这样就寝时臣民们也能来谒见。

当然，好国王应当经常向人民演讲。

或者去狩猎消磨时光：
猎取雄鹿、野猪，尤其是狮子。

既然这个王国里没有狮子，
路易一世只好把他们"请"来。

以后散步都要去皇家花园，
那可是由最卓越的园丁打理的。

还要接见最伟大的艺术家，
让他们在王宫里献上精彩的表演。

动物界的使节们都要前来，
向绵羊国王致敬。

但在此之前，
路易一世必须先在王国里下一道命令：

要求臣民们步调一致，
行走时必须用绵羊的步子！

他还要颁布法令，
宣告只有优秀的绵羊才有资格在他身边生活。

其他绵羊将被流放到远方，遥远的边疆……

在一个狂风大作的日子里，

路易一世又变回了——绵羊路易。

想象的冠冕

看看这个拿树桠当宝座，拿树枝当权杖，王冠可能都是纸折的国王，真是寒碜得可以！但他昂首叉腰，面对一群低眉顺眼的臣民，照样神气得很，神气得就像扉页上那个盛装打扮的王者，拥有一股不怒自威的气派。哪个是真，哪个是梦，一目了然。只是美梦醒来时，未必都有幻灭感。

故事开始于一个大风天，不知从何处刮来的天蓝色"王冠"被好奇的绵羊路易戴在头上，看起来刚刚好。嗯，孩子们也是这样，容易满足并"自作多情"，什么东西信手拈来都是刚刚好。这整个世界也刚刚好展开一派金黄的气象，有着丰收般的温暖和富足，足以让一头平凡的绵羊摇身变成国王，趾高气扬，所向披靡。当他忙不迭地为自己添置权杖、宝座和大床时，远处出现了一只瘦削的狼，这使平和愉悦的幻想显得有点可疑。但不得不说，这种就地取材的想象展现了路易无与伦比的游戏和模拟才能。继而，他用一系列的将来时态来展望自己的风采，比如时时演讲以满足政治家的成就感和明星的表演欲。（注意：那只狼镇定地混入羊群却无人知晓，这是梦是真？）猎狮的场景可谓这场白日梦的巅峰时刻。没有狮子？那就"请"他们过来！即便做梦也需要适时的填填补补，以至滴水不漏……就像这个王国本身，整饬有序又丰富多彩，有绿的生机盎然、灰的肃穆庄严、蓝的沉着笃定、金的富丽堂皇……而且路易拥有最卓越的园丁、最伟大的艺术家、最谦恭的外邦使节、最优秀的臣民……孩子们也时常用"最"来无节制地夸耀自己的独立王国，但这王国也会失衡。流放屏弱的臣民时，路易就像个搞种族隔离的暴君，画面上也现出几分阴森与动荡。又一阵狂风大作，王冠被刮走，路易就像《渔夫与金鱼的故事》里那个做了贵妇、女皇，最后却回到泥棚里的老太婆。白日梦就这样如落叶凋零。

结尾有点惊悚，王冠戴到了狼的脑袋上，他正龇牙咧嘴大摇大摆地朝着羊群走来。这给故事添上了几分反讽和悬疑的机趣。王冠似乎隐喻了羊和狼在权力上的转换，比如膨胀的权力也会让温驯的羊变成暴戾的狼，但这是给大人的训诫。对于小孩，即便你是软弱的羊，也可借着无所不能的白日梦变得强大，那不是自怜或自大——想象本身就是王冠，童年本身就是无冕之王。

匙　河

（儿童文学博士，浙江师范大学杭州幼儿师范学院副教授）